# 心の軌跡

阿部まゆみ
Mayumi Abe

文芸社

交錯する心に
振りまわされ
心魂の存在を探し続けて
一九九七年十二月三日

# 母上様

生んでくれてありがとう
洋服を作ってくれてありがとう
自信喪失をありがとう
重荷をありがとう
この歳になっても人間社会で
生きにくい人間に育ちました
私はあなたへの憎しみと共に
苦しみを背負いながら
生きてゆきます
あなたも私の分の重荷を
背負って
天寿を全うしてください

分かっている
自分自身でしか
けりが付けられないと
言うことも
理不尽なことも
分かっている
分かっているから　向かっている
逃げることは出来ない
分かっているのが　哀しい
長い道程をひとりで
行くしかないことも

精神の世界
現実の世界
その狭間で
翻弄されている
どちらも
難しい
心からっぽ
毎日過ごす現実
心は捕らわれ
現実はしっかり
存在している
難しい日々

この生きにくさ
仕事、家事
過ごした日々
心と足が重くなり
私は　前へ　一歩も
進めなくなった

生きていればいいのか
〝生きる〟
なんと強い響きなんだろう
私は　本当に　生きることの意味を
知らないんだろう
大バカ者だ！
地獄へ落ちろ！

焦っている
心の中で
何に焦っているのか
焦りは　息をすると
同じように
私の一部になっている

自己防衛

私の心は
心は
丸裸
人は
裸ではいられない

心の核にふれる言葉を聴く
心が震える
涙こらえ
安心と　ぬくもり
生きるたづなを
にぎりしめるように
その日に
すがる

台所の窓を開け
心を広げ
火をつける
煙の流れを
追いつつ
窓の空を見上げる
初めての　タバコ

いいんだ
いいんだ
好き勝手にして
いいんだ
私の好き勝手なんて
知れたもの

心の空虚を薬で埋める友
腕に　注射跡
刹那的
〝するって〟彼女
刃物を突き刺すよう
彼女は
心に刺している
彼女と私
紙一重
根っこは同じ

生半可では生きられない
苦しみ
焦らず
生半可ではいけない
自分の人生を真っすぐ見つめ
心の病に焦らず
まるで　サーカスの綱渡り

〃まだだよ〃って
言っているように
毎日出る微熱
心の有様が分からない
許す
受け止める
血の重さを思う
錯覚と失望
簡単ではないよと
言わんばかりに
毎日出る微熱

目に見えないものに
怯えている
目を閉じても
心がしっかり見ている
弱さを
自分の心に
怯えている

楽になりたい
疲れ切っている
精神の安らぎ
そんなにも　遠いものか
生ある　安らぎ

理屈ではない
このやるせなさ
泣き言を言っている訳じゃない
罪悪感
何で！
もういい加減いいじゃないか
何を思ったって！

結論なんか分からなくていい
生きることに
空しさを感じても
生きている
それだけでいいと
刹那の思い

なんで　生んだのか　私を！
人形のような心に魂が入った
なんで重荷を背負わせるのか
こんな世界！
こんな思い！
こんな私！

〝弱い〟って一言で済まされても
誰が　この心分かるっていうの
宇宙のような心
人生は　先が分からないからおもしろい
なんて　私には
直にこの目で太陽を見るようなもの

心の中　涙で一杯
涙が出ない
心の栓が閉っているのか
栓は誰が　つけたのか
自分の涙ぐらい　自分で
流せるようにと
バカなこと　本気で思う

神経痛と診断
絵を見ながら
説明を受ける
〃いいね、こうして
目で見て説明できるのって〃
笑うしかない
笑う自分滑稽

部屋に
どんどん
物が増える
足の踏み場もないくらい
ただ
身辺整理というものを
していないだけ
そんなこと
どうでもいい

狭い部屋
ひとり　タバコ吸い　座っている
これでも　一生懸命に生きている
時間との闘い
流れゆく時の中で
生きることを考える
体が熱い
一生懸命生きてる
証しのように
微熱が出る

心にメスを刺されているよう
血が流れる
血の臭いがする
ドクドク流れ
見えない血と痛みが絶望感

鏡に映っている自分の顔
空ろな目
生気のない肌
鏡を伏せる
伏せても　心に
しっかり残像がある
焦りとあがき
しっかり残っている

舌を咬む
眠っている間
痛みも感じずに
舌を咬む
内出血している
信じられない
もう　いや
私はいったい
どうしてしまったのか

やりたいことを思い切り
成し遂げて
死ねたら
どんなに　幸せか
心の存在を
探して
時間を費やして
それを成し遂げて
死ぬのも
幸せか

明るく笑みを浮かべ
〝心は同じよ〟と友
戸惑う私
その言葉の重み
生まれ落ちた時から苛酷な運命の彼女
その笑みは　何処から来るの
友の口グセ
〝人生、ケセラセラ〟

いつでも
どこでも
現われる
心の暗闇
体は身動きひとつ
とれやしない

この魂に火はついているのか
腹が立って仕方がない
魂があるのなら
自分で行動できるはず
外へ出ることすら出来ない
自信喪失がまかり通る

ほんの些細なことの
積み重ね
日常の会話
些細な言葉
それが持ち堪えられずに
爆発する
心の破壊

何のため、存在しているのか
もどかしさ
何がどうなっているのか分からない
助けて
自分ひとりでは
もう疲れた
疲れ切ってしまった
疲れ切った心が
何かに急ぎ立てられている

逃げよう
すべてのものから
逃げよう
現実はしっかりあるのだから
今はどうせ何も出来ない
心だけでも　いやなものから
逃げよう
人間たまには
逃げることも必要

あがくな
腹を立て
憎しみすぎて
怒る気失せるまで
あがくな
自分にも
親にも
焦りにも
怒りが失せるまで
あがくな

毎日　やってくる
時間が
空しさが
だったら
タバコ吸って
音楽聴いて
気楽なもんさって
もうひとりの私

映画〝恋する惑星〟の中で
主人公の女の子が
〝夢のカリフォルニア〟を
ボリューム一杯上げて
仕事している
〝うるさい方が
何も考えなくていい〟って言う
何も考えないって
いいなぁ
これから　近所の迷惑顧みず
好きな曲は
大きな音で
聴こう

空が青く　太陽が出ている
寒い風も　気持ちよく感じるであろう
でも今の私には
すべてのものに
背を向けないと痛い目にあう
少しの気持ちのすき間に
暗闇が入り込む
まだまだ
自然の中を
怯えるのは　いやだ

この憎しみに愛はあるのか
愛ある憎しみ
血の絆
愛ある憎しみでないと
私は救われない
いつも　いつも
怯えてる私

この社会で　生きにくい私
この社会が　恐い私
こんなにも　心が脆いものなんて
娘には　同じ過ちを
繰り返させてはいけないと
思い続けた
完全な社会はない
完全な人間はいない
完全な親もいない

〃眠りは行動しているんだよ〃
どう仕様もない時
眠ることにより　通り過ぎる
〃眠りは無駄ではない　解決してくれる〃
眠りへの罪悪感が　楽になった
眠りは
心の行動

お風呂に入るか
食事の後かたづけをするのか
悩んでいる
何も出来ず
時間だけが過ぎてゆく
どちらも億劫で
どちらもどうでもいい
耐えている時間
それしか出来ない

人生は落し穴だらけ
這い上がらなければ
生きてゆけない
それの繰り返し
私は
這い上がり続けている
たどり着いた時は
いったい、いくつになっているのか！

見すかされたように
〃人間は現世に何かこだわりがあると
死ねないものだよ〃
私には娘がいる
娘が私を現実に戻してくれる
この世において私のこだわり
それは娘
大きな存在

こんな私でも
まだ諦めてはいない
人生に！
あるがままの自分
無心になりたい

血を吐くような思い
どれだけ
血を吐けばよいのか
この命の血を吐いて
浄化されるものなら
命をささげてもいい

今日　何日?
カレンダーを見る
日々の早さに
凝視する
時間は長いのに
月日は早い
私の人生を
月日と重ねる
空しさだけ

心底から話をした
父と初めて
怒りと悲しみが
あふれ　涙流れた
戸惑う父に
訴える
心から
涙が痛切に
訴えた

何も見たくない
目をおおう
眠剤飲んで
大好きなベッドへ
逃げこむ
夢に吸い込まれるのを
待ちわびる

〝辛かったネ、よく頑張ったね〟
と、しみじみ　私の顔を見て
言われ　まるで子供のように私は
心が開く
心が安らぐ
抑えていた感情が
一気に顔を出す
そして改めて
心の病と向かい合う

心を呼び起こすように
〝あなたは、いいお母さんだね〟
と言われる
唯一　母であることに
救いがある
可愛い　可愛い娘
あなたは　私の人生の
大きな一輪のバラ

〃怒りは許しの通り道〃
と言われ
この時間
〃決して無駄ではない〃と
また、言われる
心の中でその言葉を
繰り返す
耐えるとしか表現出来ない
無駄でない時間と思うほど
まだ　心にゆとりがない

# 母上様

私は何のために生まれてきたの
教えてください
何の親孝行も出来ない私
辛いんです
何で生まれてきた訳なんて
考えなくてはいけないの

きれいな声
心地よいメロディ
尾崎豊の
〝アイ・ラブ・ユー〟
心に真っすぐに入ってくる
私の子守唄
愛の歌

ハンカチに　アイロンをかけなければと
もう何日も　思っている
出来るけどしない
私には　こういうことが一杯ある
アイロンがけも　いつか出来ると思う
その時が来たら　出来ると思う
何事も！

仕事前の化粧
鏡に映る顔
鏡の中の自分の顔に
涙が流れている
見つめる
流れ続ける涙に
驚きと
これって何？　と
可笑しく思った
何も感じず
心は病んでいった

外に出れない私
人が恋しい
人と関わりたい
いつも出来るのに出来ない
何故か
自分で自分が分からない
腹立たしい
生きてる感動に触れたい

夜中　泣きじゃくりながら
おもいっきり　おにぎりを作った
かぶりついたら
しょっぱい
涙で作った　おにぎり
指についている米粒を食べながら
滑稽で哀しい
十年前のこと

心は迷路なのか
頭で分かっていることが出来ない
心の迷路でまた、迷っている
行き場が分からない
行き先が見えない
入口に戻らなければ
始まらない
また、迷路に戻る

いっそ狂いたい
頭がへんになっている
ガンガンガン
頭の中で
狂った私と真面目な私が
ケンカしている
狂った私が勝ち

感謝はしている
親に
当然のことである
今こうして　親子二人　暮せるのも
親あってのことである
しかし
私の心の中を見ることも、分かることも出来ない
親子であっても、ひとりの人間である
生まれ落ちた時から人間には
それぞれ人生があり
生き方があるってことを
私は　実感している

# 老いてゆく親に

私は、こんな私はいやなんです
どんな生き方を、人生を送ろうが
心の病で何も出来ないなんて
これほど、辛いことはないのです
それでも反抗して親不孝しても
自分の人生を歩みたいと
切に　思うのです
一回しかない人生だから
普通に生きてゆける自信だけが
ほしいのです

小石を投げられて　痛くても
痛いと言わぬ
辛い感情を言わぬ　出さぬ
それは信念である　無である
決して心閉ざしているのではなく
強さの証し
そんな風になりたい

子供は　親を選べない
何で　生んだのと愚問
こんなに憎いのか　恨むのか
はがゆい
精一杯　生きたいと思っているのに
やっぱり
何で生んだの
ねえ

宇宙のひとしずくに
なれるなら
ひとしずくの命
安らぎとぬくもり
それだけでいい
それだけがほしい
無限の宇宙
ちっぽけな願い

夕方
洗濯物を取り入れる
物干し場
無力感
夕焼け
なんでそんなに
淋しさ誘うの

鉛の心
座っているのも疲れる
ベッドに横たわる
疲れた目で天井を
見つめ
目をつぶる
重い心は
どうしたって
軽くならない

尾崎の〝失くした1／2〟を聴く
心が優しくなる
心が温かくなる
歌声で心が動く
少しの間　自分を感じる
〝信じてごらん
笑顔から
すべてがはじまるから〟
心の中で
何回も繰り返す

心がしめつけられ
涙こらえ
阿呆のように
なり
空ろな目で外をながめ
何時間も
座り続けている

タバコを
一箱、二箱
心の叫び
私の叫びを
吐くように
煙を吐き続ける

会社と家の往復
いつも足元を見つめ
歩いていた
人を避け
目線はいつも
怯えていた

苦しいよ
辛いよ
誰か
〃もういいよ〃って
言ってくれないか
どう仕様もないくらい
疲れ切っているから

今日もまた
心の鈍痛
地を這うよう
今さらながら
何でと問いたい
一日中　家にとじこもり
もう苦しみで
心が　体が
消えてしまいそう

タバコがおいしくない
胃薬を飲みながら
それでも
吸い続けている
吸いガラと灰
気持ちが悪い
私の血へど

無神論者が
神に問いたい
今私はどうしたらいいのか
ただ　生きている
〃生かされている〃ことに
意味があるのですか
そう思えない私は
どうしたらいいんでしょう

きれい事は言わない
無理も言わない
普通に生きたい
それすら願い
かなわないのか
値しないのか
ただ
普通に生きたいだけなのに

波は　ある心に
この波に逆らわず
あるがまま
日々過ごす
心は苦しい
外にも出れない
それに
焦らず
心あるがままにと思う

何にも
集中力がない
心がついてゆけない
テレビも見れない
結局今日も
眠っているだけ
何もしていないのに
〃眼精疲労〃と言われ
目薬をもらう

テレビのニュースも恐い
新聞も恐い
何も聞かない
何も見ない
ピーンと張った神経が
切れそう

〃かもめは　かもめ
ひとりで空をゆくのがお似合い〃
私も
そう思う
人間どうせ
ひとりぼっちなんだから

〝今の自分から飛び発ちたいんだよ〟
高いビルの屋上へ行きたいと
泣いて訴えた
両手広げ
空をこの胸に感じたい
飛び発ちたい
早く
早く
遠くへ

少しずつ
三歩進んで
二歩下がる
今の私は
少しずつ
一歩進んでいる
私の前向きは
少しずつ

著者プロフィール

阿部まゆみ（あべ　まゆみ）

昭和29年５月19日生。

大阪府在住。


## 心の軌跡

2001年２月15日　初版第１刷発行

著　者　阿部まゆみ

発行者　瓜谷　綱延

発行所　株式会社文芸社

〒112-0004 東京都文京区後楽2－23－12

電話03-3814-1177（代表）

03-3814-2455（営業）

振替00190-8-728265

印刷所　株式会社平河工業社

乱丁・落丁本はお取り替えします。　JASRAC　出0015017-001

ISBN4-8355-1439-4 C0092